外のなかで

真久秀紀

思潮社

外のなかで

貞久秀紀

思潮社

目次

外のなかで

貞久秀紀

地上を想い起こしながら

みえない枝ごしに

手もちの木材からおおまかにでも
余すところなく組みあわされた造りをもつ
べつ棟のここへもきこえる声のもとで
一羽の山鳩がないているのは

あれはこの真土のみちぞいに住まう木が
ひとにはみずみずしい建物のすがたでうちそとに枝をひろげ
わか葉をしげらせているものかげに身を寄せる
親しい鳥におもえる

松林のなかで

松林のなかの道をともに歩いていたひとで
この子もまた
わたしと歩いていることにいくどか気づくようにみえたのは
松ぼっくりにかけ寄り
近くしゃがんでこわごわ触れてもどったり
あいた目でわたしをさがしては
とらえた一果を分けあたえてくれるときだった

ある日
この子が松ぼっくりをたずさえ
あたえようと来てさがしはじめているところに小さな地上がひらけ
触れることのできるわたしが待っていた
それを子はともによろこび
ひらかれてゆくこの手のひらの途中に
乾いた松を置いた

壁

ここからのぞむアパートの壁は
窓ひとつなく
ふだん平らにみえるモルタル塗りが日にあたり
ゆるやかなへこみある起伏をみせていた
わたしはそれがみなで歩いた丘の
なだらかにうねるおもかげを現わしているところへ来て
道からみていたが

日とともに起伏もうごき
丘がふたたび平らな壁にもどるさまは
昼をとうにすぎれば
そこに起伏があるとわかるのにみえなくなり
日のあたる壁と
壁にひろがる日のあいだに
平らであることのほか何もみとめられなかった
この壁はむこうに建物をもち
きょうもそこにいるともだちの住むほうへ
まばらな花たばのすがたにととのえられたみなの心を
託されたわたしがあるきはじめると道はおもいのほか短く
戸をいくつか
平板につけた二階建てアパートが
戸外にみえはじめた

春の仔

ぼくはこの三姉妹について語りたい
かれらは
脊になだらかな瘤をもつひとりの姉が
お姉ちゃんが
ぼくを垣根のうちに招きいれ瘤をなでさせてくれていたとき
瘤はこの手より低く
その下にお姉ちゃんがひかえて遠くをながめていた

それは木綿のブラウスをとおして
はじめてじかにひとにふれた日のことで
晴れた日のもとに
高さをもつふたりの妹は
おのおの自然なところでわたしたちをやさしくとり囲み
きのうもらわれ
垣根のうちに招きいれられたばかりの
山羊の仔に草をあたえていた

主題のなかで

表通りから古いビルをへだてた路地が
やはり古く
乾いた側溝をもち
途中
ふみ板がわりに
素朴な鉄板がわたされてあるところ
そこがときおりあるく道であるところに
この小さな空地をよくみかけた

それなしでも溝をまたぐことのできる
余りものの鉄板は
街へおりてくるわたしがこの路地にさしかかるたび
それが溝にわたされてあるところから光り
遠くまぶしくみえてくる日もあれば
気づかずとおりすぎたり
近寄るまで覚えていて
われ知らずすぎている日もあり

きょうここをおとずれたときは
建物にかこわれた空地が
柱をもたないあかるいひろがりのなかにあり
幅と厚みをもつ鉄の

日に照る板が足もとにみえた
わたしはものがみえていても
なぜそれがこの鉄板であるとわかり
ここに佇んでうれしくながめていることができるのだろう

雉と雉鳩

小さな祠の木の格子をとおして
かいまみられる古びた板絵が木目とわかちがたく
くすぶり褪せたなかに長い尾をもち
雉とよばれるのをわたしはともだちの口からきいた
そこにいる友が祠のかたわらにきて

ひとつひとつの音を足がかりに
道をひとりとつとつと歩むすがたで語るほうから
おとずれてくれていたときのように

のちにふしぎな一件として
想い起こすことになるひびきのなかで
わたしは社のうらてへと這入るやぶ道にいた
はじめそれはやぶのどこか

みたことのない一羽でも
尾をうしろへさしのべた胴をもち
枯葉を一足ごとにふみしめる乾いた音のむこうに
なかからそのつど脚をおろすひとりの歩みとして想いえがかれたが

あるときこの道のいくぶんひらけたところに
ふだん知る雉鳩があらわれ
日のあたる枯葉の上で
ききおぼえのある乾いた音をたてていた

その日は
道にあかるく置かれた朗らかなもののようにそこにあり
かれは短い雉のような
なじみあるすがたで歩いた

日だまり

ひとりの子をさがしにやって来た共同食堂は
白壁のなかからふたつの窓をとおして
中庭の光がさしていた
ひと気ないここへ来るまえから
長い食卓の下にこの幼な子のいることを知るわたしが
名をよびながら
宿舎の床板に伏せる子のあたりや

食卓をめぐり歩いているとかれはその伏せたところにうずくまり
肩に羽をつけていた
この広間へ来た頃
子どもの上にかぶさり
すべてをおおいかくすかにみえた羽は
厚紙でこしらえた翼が
ふたつの腕に寄りそうふぞろいな合羽のようにかぶさり
そこには羽のあいだから
まるくうつぶせた背を小高く
荷のようにいただく子が日だまりをつくり
ともに伏せているすがたがみえた

心

あの夜宿舎の裏門にかけられていた鍵があり
そこに光をあて
照らしてあけてくれたのはあなたではないですか
ある日わたしが
たまたまこの板塀にくみこまれた門扉近くにいて
そのむこうにあって宿舎のある敷地に
おりてきていたふたりの婦人が

かれらの胸までとどき
二三の石段をへりくだる地べたにいるわたしの
胸にまでとどく扉ごしに
ささやくもののようによびかけていた
ひとちがいを告げるわたしにふたりして顔をみあわせながら
たしかにこのひとだがと
口をもちいず
省みあうしぐさをしはじめているおなじところで
あの夜
旧式の門に光をあて
そこに手を添えるひとりのもののすがたが
か細くよびかけられて聞こえてきたことばのとおりに想い浮かんだ
それとともにふたりがふりかえり
指し示そうとするあなたが只このひとであって

単にどこそこの
だれそれにほかならないことが
そこから門のそとへ
歩きはじめるわたしに感じられた

木の台

それが雛であるかのように
母はふたつ手をお椀にしてこの巣を胸にいだき
夜道をあるいて家の木の台によこたえた
それは枝や穂わたやビニールのくず紐など
ゆびさきに触れるかけらで籠められた編み物として
ひとり雑木のかげに住みなれた一軒家の
庭はずれに置かれたところに

巣のすがたで吹かれ落ちていた
わたしはある日
母がこのことを眠りにつく前
とあるひとりの婦人の身におきたこととして語るのをきいた
その語るところでは
このひとはまだ若いうちから
仮にめぐらせた粗垣のもとにかがみ
ふたつ手におさめた巣を胸に
夜の家路を
脚の長さのちがうおだやかな歩数であるいたが
このとき誰かがきていてそとから家のとびらをひらき
ゆくすえにあたる一間の奥に据えた木の台へ
それを手からうごかしたという

平坦な道

道によこたわる
小さなものに近づく姉妹のところへ
わたしが来ている
この日はそこから想い起こし
来ているところにはみたことのない幼いふたりが
ももいろの揃えた脚を腹に
あおむけにいる河原鶸《かわらひわ》のもとへ歩みより

この鳥のあとについてきて周りにしゃがんでいた
ひとりはとじかけた瞼の
ひとつにわずかにあいたすき間から
うるおいある目をのぞかせ
道のうえの木ぎれをありあわせの板として
とらえるなり姉の手のちからをかり
木の盆にのせた鳥が
日のもとにみうしなわれることのないよう
ふたりの前にこころもちかかげた
それとともに両わきにかたく合わされ対をなす羽根や
ほどけた尾のなかに
かぜにそよぐ黄のやわらかな
毛をもつ鳥が土をかぶせられるまでの平坦な道を
わたしのほうへ歩きはじめた

大工のために

いくつかの角材が仮にくくられて
かため置かれた地べたのもとへおりてきたかれが
それをわたしたちに示そうと指さすさまは
べつの地をかたわらに指さし
ひとつきりで置かれた角材をそこに示そうとするさまの
くりかえしにみえる

わたしをふくめこのあたりの子らにものの数え方
とりわけ多い少ないをおしえるため
遠くから遣わされたらしいものしずかで
そのつど聴きいるすがたをもつこのひとによって
くくられた束がほどかれるとそこから真あたらしい角材が
自然にひろがり

まわりへおよぶひろやかな波紋に
近くひとつきりでへだてられていた角材が
しだいにまぎれてほかと見分けのつかないものとなった
のちになってこのことは
このときすでにくれかけていた日や
材木とおなじしぐさで地べたにしゃがみ

みうしなわれた角材をやがてさがさずにいた子らのかおが
焚き火をかこむもののように照らされていたことや
これら材木はそれらが散らばり
ゆるやかに寄り合うところへわたしたちや
ひとりのわかい大工を連れてきて
付近にいたものとして想い起こされる

晴れた日に

そこにいるはずのない一羽が
木木を伐られた傾斜地の
日にさらされ乾いた土道にいた

日ごろ林のうすくらいなかにいて
この土地になじんだこまやかに湿りある土いろの
鳥が

道にいくらかのこる落葉をくちばしで払いのけ
細かな足どりで数歩あるいては
あらたにとりかかる仕事のなかでふたたび払いのけ

さらに数歩
あるく土道のうえで
あざやかな赤みをおびたべつの羽をつけていた

それがこの崖上の
わずかにのこる灌木のすきまから
下に小さくみおろされたときわたしは谷から
窪みや岩陰にかくれてここまでのぼり

あたりとともにあかるく剝きだしにされた土道に
はじめてかれをみた

林に住むものにはない乾いた
火の粉まじりにもえたつ羽のような模様を背に
いまはわたしより道近くにいてそのうえをあるきまわり

落葉を払いのけたり
このくすんだ地のいろにまぎれたひとりの
わたしであるともがらがここにいるのには気づくことなく

ときおりどこか
そらのほうへ耳を澄ませる鳥のしぐさで
くびを傾げた

外のなかで

小窓のもとに

あの木造アパートの
おだやかなひとである子が
二階からおりてきてわたしたちにくわわり
指で
地めんに模様を掻きながら
掛け算をおしえてくれたときは

建物の前の
よく歩かれたでこぼこ道のなかでわたしたちが待ち
あたらしい白いワンピースをあてがわれたひとが
おりてきてそこにくわわるのがみえた
このひとはみなとおない年であるのに
すでに祖母のすがたや

指のうごきとともに歩むおそいことばをもち
みずからを地めんになぞるしぐさで
うれしく
真あたらしい服のそとで
掛け算がそこにしずかに起きているらしいゆがんだ屋根や
傾いた家屋のかたちをえがいた

アパートの壁は
地めんにえがき掻かれる木造の掛け算が
小窓をもちはじめているように
それがこの建物にもあのような高さ
道からあおぎみられる軒ばにひとつきりあり
きょうも窓がきて

あそこにとどまるのは
どこの
だれがそこからみちびかれてゆくからだろう
ゆがんだ屋根のしたにひとりの少女が住み
地べたで声をだしてあそぶわたしたちのところまで
この日はじめて窓をたずさえ

外階段をつたいおりてくると木枠のなかの
明かり窓として
道なかにやさしく
なぞりはじめているすがたが触れうるほど近く
小窓のもとにみえるのは
白い服に囲われたこのひとではなかろうか

外のなかで

しばらくすると白い服をつけたひとが
ひとりの年のゆかないわたしとして地べたにしゃがみ
何かをなぞり掻いているのがみえた
かれは真あたらしいワンピースのなかにいて
差しだされた細いうでの先に木のかけらをもち
足もとにひろわれたこの木が地にまじわるところで
土がほじりだされているのをながめた

わたしがそこから来て
いまもそのもとにとどまる小窓とともに
あのアパートの壁から地べたへおりてくると木枠の
窓からは
近くの子らがわたしをとり囲み
むかえてくれた道のなかで
みるところ
あれはそこにしゃがむひとりの女のひとがいた
子らのうちことばを知るものが
あなたはどこから来たのですか
あの小窓からではないですか
まつ毛のある祖母のような少女に語りかけ
いく本かの枝を示してそれら三本の木を数えるよう
乞いもとめるのは

わたしがくりかえしよろこび数えるそのことではなかろうか
あの娘はどこをみているのだろう
みなが声にしてふしぎがるあたりには
斜めにさし交わされたわたしのまなざしがあり
このアパートをどこかしら
傾かせているかのよう
わたしのことばはこのときも
外からきこえた
はじめからみえているものをだれかが指さし
ほら、あそこに枝があり
鳥がとまりゆれている
かれが語りはじめるとそこに枝や鳥があり
ゆれているすがたが現われた
わたしはいましがた床上にいて

台にのぼり
窓べに寄ればいつもこの目にみひらかれる小窓の
うしろにひかえる木造アパートから
子らのあそぶさまが木枠ごしにみえていたのに
いまは地べたにしゃがみ
うれしくおりてきた外のなかで
こうして木のかけらで土になじみはじめていることが
なぜ身近におきているのだろう

かたわらの歌

日はやさしく

浜べでひろわれてきた流木が
よく乾いたひとりの
枝ぶりをそなえたひとのすがたで横たわり
そのため床の上に
短い四つ脚をもつ木の台におかれた小屋のなかは
日がさしていた

きのうおとずれたときも
主《あるじ》であるともだちは何かの用むきでみあたらず
日は
まどをすぎてあたりに入り
壁にかこわれたここを内がわからあかるくひらいていた
木の台は

それは語のようにかたちをもち
素朴に組まれてあることのほかは流木が供えられ
かぎのとりはずされた扉から
砂地つづきにもうけられた土間のむこうへ
みちびかれた部屋の
真上に横たえられていた

この写真のなかで

くびを折りまげうつぶせている木つつきの子は
この手のひらにのこされた写真のなかで
ひとである娘が
ともにこれから遠いところへうごかされる姉や母や叔母たちの
かげにはだしで立ち

冬の浜で
この子ひとりがくびを折りまげ
うつむいたまままだあたたかく手のひらによこたわる
羽をとじたわたくしの妹ではなかろうか

日付

さわやかにあかるい朝のうちから
用あってでかける途中
遠まわりをしたことがあった
ひとひとり行き来のできる坂が
この日もそこをあるいた道のなかで
生垣のある石段を短くのぼれば

せまい境内のなかはすぐ正面にあたり
ひとをいまだみたことのない木造平屋にきていた
格子におさまる曇りガラスの引戸が
ふたつ手で内面をおおうように
左右閉じあわされて奥まりをみせるところから灯り
ひとがいるのかしらと思えた

わたしは手ぶらでいたが
そのときもここから数歩をへだて
軒下にまもられながら屋外にさらされた木の下駄箱が
ふだんどおり履物ひとつなく
板に仕切られただけの何もないがらんどうに
日がよくさしていた

飾りのないこの庭では
あたりを照らしていることにわたしがこのときまで気づかず
いまもここにおりている朝日が
むこうへかくれた東のまどから屋内にさしこみ
そこからはただ廊下づたいに曇りガラスをとおして
この日にしばらくとどまるらしかった

きょうの木片

木造のここで
ひとをおしえみちびく平屋にも境内があり
きのう屋根つきの手洗い場近く
地べたにおかれていたチリ取りが高さをもち
おなじところにおかれている
ひと気のないせまい敷地の
平らな地上に現われたチリ取りは

そこをとおしてこの道具を取り上げることのできる
木製の柄をそなえ
ひとにふれられなじまれてきた柄が
いまはトタンの底板をめぐるふたつの側板とひとつの背板から
それぞれ上へ
ゆるやかな曲がりをみせてむかう三本の
ことなる生をおもわせる細い支柱のゆきつく頂に
木片をいただき
そこからはきのうみかけたチリ取りが
地にひろげおかれている

語彙とともに

あるいて並び
むこうからくる母と子がいた
ふたりはしばらく土手にそう土地の道をあるき
このいくぶん斜めによじのぼり
平たく高められた果樹畑をへだてる土手のうえから
小さくふぞろいにさく黄花を
ほそ長い枝に淡くとびとびに表わす木が

以前からそこにあるこの低木の枝数を上へゆくにつれ四方へ放ち
まとまりのそとへ黄いろくうちとけていた
ひとりの母は遠くから顔をみせ
それをにこやかにさきへと赴かせた途上に
あるいている小さなわたしをみとめた
もうひとりはこの春中学にあがり
小柄な母にすでに肩を並べているやさしい息子さんがきて
かたわらにいるわたしに気づき
はじめて中学生になるよろこびや
わたしがなんの用でそこにいるのか
お昼ごはんは食べたのかなど
わかりやすい例文で
ごく自然にわたしを輪のなかへみちびいた

足並みをそろえて

道が遠くせばまるなかに
ここからは光る羽をもつ鳩が
胸ふくらむひとつのすがたを二羽で分けあい
うしろ手をくみながら歩いていた
おなじ日
おなじところで
わたしはきょうこれからゆく道で出会うこれら雉鳩が

ときおり想い起こされる雑木林のわきの
乾いた細い溝のかたわらにつがいで現われているのを見た
かれらは近くに住み
寄りそうふたりの姉妹のうち
ひとりの瘤がその背になだらかな丘をつくり
ひとりがときにそこに触れ
姉をいたわりながらきのう歩いていたあたりへ来て
目立たない雉いろの羽や
たがいに親しく
離れ歩く鳥のまばらにそろう足並みでいた

到来

きのうわが家にそう道にきていた子らは
雑木林のうちがわから細道をふちどる木立が
とある間《ま》をつくるところへきて
その目立たない陰に
ひとりの服を枝から枝へかけわたし
ゆわえた屋根とするらしかった
近くからでもこの窓にくわえ

板塀にへだてられているふたりの兄弟が
声をまじえながらはたらき
さらにひとりはべつの子でも

このひとはそこにいることが
かいまみられるかれのわずかな一部をとおして
板の隙間から知ることができる
枝をまばらに立てかけ壁をつくりおえれば
笹の葉を土に敷きならべ
すわるための床《とこ》をしつらえるらしい心のうごきが
いまは声ひとつたてないふたりの仕事ぶりや
来ているひとりの
しゃがんだままうごかずにいるすがたとしてうかがえたが
けさこの仮小屋が

うちに木陰をつくりながら
朝日にあたるさまを窓のむこうに指し示すほうへ
でかけてみたところが
そこは土におかれた笹があたらしく匂い
ひとつひとつ
触れてはならないもののように細やかに敷かれてあり
子らは何ものかを迎えいれようとしながら
やがてそこをおとずれ
このやわらかな床の上でたのしく語らうのが
じぶんたちであることに気づいていないようにみえる

木馬

この日は小さく
たがいに呼ぶ名をもちはじめたふたりの子らのうち
ひとりで過ごすともだちの住む寮舎の食堂に
日ごとかようもうひとりがきている
コッペパンとよばれるもので
皿に置かれた食べものは
ぶ厚い板として延べられた木の長い食卓の

へりに胸をおしつけて並ぶかれらが
おとなしく待つところに与えられていることを
いまだ知らないふたりの幼な子は
それぞれのパンに向かって
いましがたそこにいた中庭から
建物である廊下をたどり
明かりとりの窓に光さすなか
中庭とはべつのこの食堂の一隅で
じぶんたちの皿に素朴なパンをみいだした
はじめは木馬とみえるものでも
歩みよればいくぶん大きく
よい匂いのする食べものであるパンは
ふたりがそれらをためしに置き換えるとここがそこへ入れかわり
そこからここへきたものが

あらたにあてがわれたじぶんのパンとなるあそびのなかで
ふたたび置き換えてもたがいに似たすがたをたもち
じきひとつの
べつ様のものにみえはじめた
わたしはこのとき
ちぎる仕草をこのともだちにおそわり
うごく指にあわせてちぎられては
しだいに親しまれてくるコッペパンを食べていた
並んですわる友はわたしの右か
左にあって
皿のへりに添えられたなりうごかずにいる手のほかはみえず
そこではふたつ手にゆるくかこわれた敷地に
木馬がふたたびすがたをみせた

永遠と一日

また、この日
庭の合歓《ねむ》の木に二羽のメジロがきて
おくれてきた一羽にくわわり
葉の生えぎわにくちばしをあてていた
それと対をなすこととして
きのうみた夢のなかで
つゆ玉をとらえるかれらとはべつの道に

あの光る木箱であるものがいた
それはどこかの蜜蜂で
きょうもひとり高い木の葉むらに
まるめた黄のだんごをうしろ脚でわき腹ふたつにかかえ
葉の間《ま》に間《ま》にかろやかにとびながら
そのつどおくれをとるこの静かな荷とともに
つねにいまいるところへ移りうごいた

溝の見る夢

はじめこの細い溝は
ひとが身をかがめることのできる洗い場のように
水がつめたく流れていたが
いずれふたつに分かれ
うちひとつが雑木林付近へしりぞくあたりでは
浅い底に積もる砂が
やがて洲として高まりをみせるところでとどこおり

小石まじりに打ちととのえられた底に
薄ら日をうけていた
砂べりに澄んだよどみをながめながら
こうしてしゃがんでいるかたわらにあって
きのうもここへきてゆうべ夢に想い起こされたこのながめは
たまたまそこに沿うてあるいてゆく道のさきに
薄ら日のあたるしずかな底をそなえ
いったんはそこに置き
のちに取り去ることになる一羽の
白く淡い眉をもつ鳥を
みずいろの浅瀬にいっとき立たせていた

もといとなる杭の歌

遠く
ふたつ折りかさなる柵は
近づくにつれ直角をなし
ひとをむかえるもののようにひらいている
町はずれにまだ四隅をのこすこの空地は
以前ひとりの友だちが
親兄弟とここにしばらく身を寄せていたその家か
花壇のあかるい跡のよう

ふたつの辺をかたちづくる柵の
杭のつらなりは
二列がしだいに奥ゆきをせばめながら
ゆくさきにかげりある一隅で交わる一本のふるびた杭を
隅のはじまりの木として
そこからは左右へひきかえし
手をつなぎ
道をあるいてきた子らをむかえている

柵について
ともにあるいてきた先生が語りはじめると
ことばは杭がみえるもの
ふれうるものとしてそこにあるように

語られたとおりにきこえ
きこえた数のとおり唱えるわたしたちの前で
杭がひとつひとつ
順にきわだてられるよろこびのすがたを現わしていた

心のなかをあるくように
杭と杭のあいだを友のいた住処のうちがわから
自然ととおりぬけ
空地つづきの短い草の上を
そとからめぐりあるいた先にふたたびみえてくる
はじまりの杭のもとで
つないでいた手を子らがほどき
散り散りにすわりはじめていた

いましがたまで
かげのなかにいたこの隅の木は
こちらがわにきて日にあたり
うでを大きくひらけばそのもといとなるひとつの胸が
友や
わたしたちに与えられていたように
ここからはそのふるびた一本が
みおぼえある二列を左右へゆきわたらせるかのよう

心

くちばしをもつほかの種のものには
なじみある食べものでも
みずから試したことのない丸みあるくだものが
木陰にやぶれころがり
やわらかな入口をみせているまわりを
一羽の子スズメが跳ねながらめぐりあるいている
この日は戸外とよばれるところで
わたしが十分幼く

ひとり外へきていた
戸口に近く
ふたりはおなじ道のなかで
ときおりこのよい匂いのする見つけものを見上げ
短く跳ねあるいては心ひかれるもののように立ちどまり
くびをかしげ見上げるほかは
くちばしをつけ根にすえてまわりをめぐるだけで
もといたところをいくどか通りすぎている
この一連の
平明なことばのひろがりのなかで
そこにしずかに放たれ
地べたに置かれたわたしを子スズメがみとめ
木陰からでてくるように
日のさなかへでてきている

隣地

またべつのスズメについては
庭の隅にわすれられた水盤に
雨ふりのあと水が円くゆきわたり
この地に落ち着きをみせているときのことだった
なかば捨てられたものでも
わたしがその欠けたへりに来て
ひらきかけた指でこころみに水にふれるたび

手もとのなかからいくつものこわれた波紋がうまれ
それらはたがいを均すようにゆれうごきながら
円のかたどりのなかで
じきもとの平らかなすがたに静まった
このいくぶん欠けこぼれた
素焼きの友から離れてしばらくしたところから
わたしとおない年くらいな
一羽のスズメが来てへりに止まり
さきの水盤で
いまはその離れとみえるものがやや遠く
隣地のくさかげにほそながく光るほうへ近づいている
それははじめくちばしから水にふれたり
こころみに羽をひらき
短めの水浴びをくり返した

日付

杭につながれていた舟の
うしろにわたされた板にひとりの父がすわり
岸べにきていた子が
むかいあうべつの板へ
ふたりともに揺らぎながらそこに身をさだめるまでは
杭に寄せるさざなみが
いくえにも静かな輪をひろげていた

先のほうで平たくけずられた櫂の木部で
水をゆるやかに掻いくぐるおなじひとつの道具でも
手もとのにぎり柄近くではそれが留金にあたり
幼い軋みをくりかえすのが
木立をとおしてきこえてくる
この小高い堤からおりてゆくむこうにながめられる岸べのあたりを
かれらがながらく離れることもなしに

木の葉のように舟ごとまわりながらとどまるのは
ひとりの子の手にふれる櫂の
へら先にあたる池のおもてがくぼんで小さく渦まきながら
うしろへ退きかけてはあらたにくぼむ渦まきをつくり
このことが舟にわけられた左右のかたわらで

くりかえし不釣り合いに起きているからだろうか
くもり日のなかから

日がおりてくると父子《おやこ》が舟にのり
わたしのまだ直接たずねたことのない水の上に
あかるい柱のようなものがおとずれている
しかしべつのところでは
枝につどういくつもの葉が木立に照りはじめ
こうして手にふれるほど近く
日がおりている

円柱

さきほどからかたわらにある円柱は
そとから高くあおぎみられる屋根を支え
そのもとにきている天井や
石床にならべられた木の長椅子であるところや
そこにまばらにすわるわたしたちとともにほとんど壁をもたず

内外におおまかに開けわたされたこのお堂のどこから
ひとつの鐘がゆるやかにはじまり
くもり日のどこへ
おとろえてゆくのが聞こえてくるのだろう

外《そと》のなかで

著者
貞久秀紀《さだひさひでみち》

発行者
小田久郎

発行所
株式会社思潮社
〒一六二―〇八四二　東京都新宿区市谷砂土原町三―十五
電話〇三（五八〇五）七五〇一（営業）
〇三（三二六七）八一四一（編集）

装幀者
清岡秀哉

印刷・製本所
創栄図書印刷株式会社

発行日
二〇二一年六月三十日